Lee Aucoin, *Directora creativa*
Jamey Acosta, *Editora principal*
Heidi Fiedler, *Editora*
Producido y diseñado por
Denise Ryan & Associates
Ilustraciones © Samantha Paxton
Traducido por Yanitzia Canetti
Rachelle Cracchiolo, *Editora comercial*

Teacher Created Materials

5301 Oceanus Drive
Huntington Beach, CA 92649-1030
http://www.tcmpub.com
ISBN: 978-1-4807-2960-5
© 2014 Teacher Created Materials
Printed in China
WaiMan

Alboroto en el zoológico

Escrito por Sophie Valentine
Ilustrado por Samantha Paxton

Cuando yo fui al zoológico, ¡qué alboroto tan ruidoso!

2

No había ningún animal que
estuviera silencioso.

3

Las aves con sus trinos

4

y los mapaches chillones.

Los leones, ¡qué rugidos!

y los monos... dormilones.

Me alejé de los lobos

y de los tigres huí.

9

Pasé también los camellos

y lejos del ñu corrí.

Me detuve por un rato, ¡por fin
un sitio tranquilo! ¡Y yo sonreí
12 entonces al ver al cocodrilo!